apercevoir et sourire

Marion Wolters

Objectives – Ziele

Kapitel Z   B-objectives

Kapitel I   Der Forschungsauftrag

Kapitel E   Der Sumpf

Kapitel L   Die Trockenlegung

Kapitel E   Die Errungenschaft

Objectives

Chapter Z   B-objectives

Chapter I   The research assignment

Chapter E   The swamp

Chapter L   The drainage

Chapter E   The achievement

B-objectives

„B-Objectives (be objective)" – Ariana findet das Wort auf ihrem digitalen Gerät, das wie eine deutsche Kirschblüte geformt ist, als sie gerade nach einem beschreibenden Satz für ihre neueste Erfindung sucht.

„Objectives" ist der Name des neuen Forschungsauftrages, für den ihre Freundin Julie gerade den Vertrag erhalten hat.

B-objectives

'B-objectives (be objective)'. Ariana finds the word in her digital gadget which is formed like a German cherry blossom when she has just been looking for a sentence which describes her latest invention.

'B-objectives' is the name of the new research assignment for which her girlfriend Julie has just received the contract.

Der Forschungsauftrag

Forschungsauftrag „B-Objectives" für Julie Tilany

Hiermit erteilen wir der Autorin

Julie Tilany
13 Rue Madeleine
75008 Paris

folgenden Forschungsauftrag:

§ 1 Forschungsauftrag – Grundlagen

Frau Tilany soll herausfinden, wie man in den letzten 1-2 Jahren Transparenz, Kriterien für die Zurechenbarkeit von Leistungen und die Übernahme von Verantwortung durch die zuständigen Personen erreicht hat.

§ 2 Forschungsauftrag – Forschungsergebnisse

Frau Tilany wird uns ihre Forschungsergebnisse in literarischer Form zur Verfügung zu stellen.

usw.

„Eine spannende Aufgabe ist es in jedem Fall, wenn auch nicht ganz einfach", sagt die Erfinderin Ariana zu Julie, nachdem Julie ihr den Forschungsauftrag kurz erläutert hat. Julie stimmt zu. „Es ist eine Erfolgsgeschichte, doch zunächst einmal muss ich mich zu Forschungszwecken in die Dunkelheit begeben und – in den Sumpf.

The research assignment

Research assignment 'B-objectives' for Julie Tilany

This is to place the following research order with the author

Julie Tilany
13 Rue Madeleine
75008 Paris

§ 1 Research assignment - basics

Ms Tiffany shall find out how transparency, criteria to assign services and the takeover of responsibility by the persons in charge have been realized in the last 1-2 years.

§ 2 Research results

Ms Tilany will provide us her research results in a literary form.

etc.

'At any rate it was an exciting task even if it is not as simple as that', says the inventor Ariana to Julie when Julie has briefly explained the research assignment to her. Julie agrees. 'It is a success story, but first of all I have to go into darkness for research purposes and – into the swamp'.

The swamp

'Revolution instead of evolution', reads Julie when she enters her new office. 'Welcome Julie. Glad to have you here', she is welcomed by the voice out of her digital gadget. She looks at it and sees her new customer who has just switched it on in China. 'Unfortunately, I cannot welcome you personally today. I wish you a good start and I am always available for your questions.' 'B-objectives (be objective)', Julie can read clearly now. The letter 'B' in front of 'objectives' is the abbreviation of the Paris glass company. It is not only designed clearly it now gets another meaning, too. The words 'activate' and 'use positively' finally appear.

Opacity
Blindness

comes into her mind when she reads the first letters of the words 'objectives'. Associated in a positive way this would mean to work out transparency, acting in a conscious way and realize them.

Ariana will ask her later, whether she has already read the order data for the most part. Julie is happy that she can affirm this. 'Please explain your latest invention to me', she looks forward to a mental holiday from the day.

'I have written a new language proofing program for the communication department of my glass company. You can type the word 'background-foreground-underground' and see what the program will answer', Ariana invites her.

Julie carries out the experiment in an excited way. 'The antonym for underground is missing', appears in blue. 'This describes exactly the situation with the customer', Julie smiles and lets the question follow in a discreet way for what the program was originally written for. 'This is the fun button which you have pressed now. It mainly checks the meaning of a sentence or a paragraph and crosschecks unclear wording. Therefore, it also offers alternative suggestions: it is a program which creates clarity and transparency – change of roles', she says abruptly, takes off her lady's suit jacket. She slips into her white coat which lies on her blue-green couch. Julie knows Ariana's ability to transform and appreciates it. A bird formation in the sky interrupts Ariana's tempo for a few minutes while she is watching them. She regains Julie's undivided attention with her innovative spirit.

'By the way, for the research department of a customer company I have identified a substance which is used for a new medicine. Science that contributes to a healthy life so that the philosophical question of a meaningful work is made superfluous', she adds. Not only did I give the substance a scientific name, but I have also given it a poetic one. This is my article for 'The Times' which will be published tomorrow:

Cured of depression?

Barcelona
After years of struggling with depression a new substance has been developed which might cure the disease. It has been tested for a period of five years and the development costs for the medicine amount to several million euros.

'I don't know where it comes from. It suddenly occurs to me and I feel like I am always falling from the same high level of happiness into deep darkness', says Roberto Estepusa.
The new medicine Madrugada avoids this emotional disfunction. Thanks to Ariana Astorialla, who has found the main substance. Cynics question the results Roberto and fifty other patients reported. However, they have not yet been able to prove the opposite.

'Madrugada' – dawn, how appropriate!' Julie comments on the article. 'What is the poetical name of the substance?', asks Julie in an interested way, while Ariana is changing her white coat against her favourite sweater. 'Apercevoir et sourire'. Briefly perceiving and smiling. Realize quickly the new life that a depressive person is given by the medicine as a gift and welcome it with a smile. I have written a short poem:

Nouvelle beauté
magnifique gaieté
tendresse des idées
apercevoir et sourire

Neue Schönheit
großartige Fröhlichkeit
die Zärtlichkeit der Ideen
wahrnehmen und lächeln...

New beauty
fantastic happiness
the tenderness of ideas
perceive and smile...

Maybe you only describe the time when you got to know
Mathieu. That time you went through the pedestrian precinct.
You always saw him there, your secret love, only in a brief way.
You smiled at each other briefly and simply walked away', Julie
teases her girlfriend. 'Maybe sensation is a concept that does not
have a justification any longer in our time.'

Julie asks herself what the other letters of the word 'objective'
might mean and writes:

O = Opacity (eliminate opacity)

B = blindness (replace blindness by awareness)

J = journalists /compliance: (would I act in this way, if I had to
explain my behaviour to a journalist?)

e = excellence (prioritise the quality of work)

c = change (accept the changes the project causes)

t = transparency (create transparency for all processes)

i = initiatives (take the initiative, act proactively, optimise processes)

v = vision (develop a positive idea of our future work /work results)

e = explanations (let us explain to our surrounding who we are and what we do)

s = service (live and make progress in developing a service mentality)

Julie asks her customer a lot of questions he nearly can answer everyone in detail and with ease. She likes his defensive form of communication. They arrange a meeting for the next day.

It works in Julie's head. Her window is wide open, her office door as well. A Spanish poem enjoys her openness:

Abierto y transparente
por los objectivos differente
calidad y explication
por una nueva vision

Offen und transparent
für die verschiedenen Ziele

Qualität und Erklärung
für eine neue Vision

Open and transparent
for the different objectives
quality and explication
for a new vision

Julie's customer enters her office. 'The poem sums up the targets
of our project in a very good way', he realizes immediately and
smiles charmingly. He enjoys two sentences Julie caresses him
with which are as light as a feather. A few soft words with a feel-
good effect. 'Am I helpless?' 'No, restless', she replies jokingly.

Julie rethinks the facts and writes a short conclusion on a
notepaper:

many facts which should not become tangible
transparence which prevents personal leeways, defines objective
criteria and deprives persons of their power which protects their
interests
cooperation only with well-known contact persons, wheeling and
dealing
blockades, intrigues, lies, resistances
ignorance and arrogance instead of acceptance

Der Sumpf

„Revolution statt Evolution" liest Julie, als sie ihr neues Büro betritt. Mit einem sanften „Willkommen Julie. Schön, dass Sie da sind", empfängt sie die Stimme aus ihrem digitalen Gerät. Sie schaut darauf und sieht ihren neuen Kunden, der gerade aus China zugeschaltet ist. „Leider kann ich Sie heute nicht persönlich begrüßen. Ich wünsche Ihnen einen guten Start und bin für Ihre Fragen jederzeit erreichbar." „B-Objectives (be objective)" kann Julie jetzt deutlich lesen. Der Buchstabe „B" vor „objectives" steht als Kürzel für den Firmennamen des Pariser Glasunternehmens. Es ist nicht nur klar gestaltet, es bekommt jetzt auch eine andere Bedeutung. Die Worte „aktivieren" und „positiv verwenden" erscheinen zum Abschluss.

Opacity (Undurchsichtigkeit)
Blindness (Blindheit)

fällt ihr zu den beiden ersten Buchstaben des Wortes „Objectives" ein. Positiv assoziiert würde das bedeuten, Transparenz und bewusstes Handeln zu erarbeiten und zu verwirklichen.

Ariana wird sie später fragen, ob sie die Auftragsdaten zum großen Teil schon gelesen hat. Julie ist froh, dass sie dies bejahen kann. „Erkläre mir doch bitte Deine neue Erfindung", freut sie sich auf geistigen Urlaub vom Tag.

„Ich habe ein neues Sprachüberprüfungsprogramm für die Kommunikationsabteilung meines Glasunternehmens geschrieben. Du kannst die Wörter „Hintergrund – Vordergrund – Untergrund" eingeben und Dir anschauen, was das Programm antwortet, lädt Ariana sie ein.

Gespannt führt Julie das Experiment durch. „Das Gegensatzwort zu Untergrund fehlt", erscheint in blauer Schrift. „Das passt genau auf meine Situation beim Kunden", lächelt Julie und lässt unauffällig die Frage folgen, wofür das Programm ursprünglich geschrieben wurde. „Das war der Spaßbutton, den Du gerade gedrückt hast. Hauptsächlich prüft es den Sinn eines Satzes oder eines Absatzes und fragt bei unklaren Formulierungen nach. Es bietet dafür auch Formulierungsvorschläge an: es ist ein Progamm, das Klarheit und Transparenz schafft – Rollenwechsel", sagt sie abrupt, zieht ihre Kostümjacke aus. Sie schlüpft in den weißen Kittel, der auf ihrem blaugrünen Sofa liegt. Julie kennt Arianas Wandlungsfähigkeit und schätzt sie. Eine Vogelformation am Himmel unterbricht Arianas Tempo für wenige Minuten, während sie sie beobachtet. Sie erobert Julies ungeteilte Aufmerksamkeit mit ihrem Innovationsgeist zurück.

„Für die Forschungsabteilung eines Kundenunternehmens habe ich übrigens eine Substanz entdeckt, die für ein neues Medikament verwendet wird. Wissenschaft, die zu einem gesunden Leben beiträgt – da erübrigt sich die philosophische Frage nach einer sinnvollen Tätigkeit", fügt sie hinzu. Ich gab der Substanz neben der wissenschaftlichen auch eine poetische Bezeichnung. Dies ist mein Artikel für „The Times", der morgen erscheint:

Von der Depression geheilt?

Barcelona

Nach Jahren, in denen man mit Depression gekämpft hat, wurde eine neue Substanz gefunden, die die Krankheit heilen kann. Es wurde über eine Periode von fünf Jahren getestet und die Entwicklungskosten für die Medizin beträgt mehrere Millionen Euro.

„Ich weiß nicht, woher es kommt. Es trifft mich plötzlich und ich fühle mich, als ob ich immer von dem gleichen hohen Level des Glücklichseins in tiefe Dunkelheit falle", sagt Roberto Estepusa. Die neue Medizin Madrugada verhindert diese emotionale Dysfunktion. Dank Ariana Astorialla, die die Hauptsubstanz gefunden hat. Zyniker zweifeln die Resultate an, über die Roberto und fünfzig andere Patienten berichten. Dennoch: sie waren bis jetzt nicht in der Lage, das Gegenteil zu beweisen.

„Madrugada" – Morgengrauen, wie passend!", kommentiert Julie den Artikel. „Wie lautet die poetische Bezeichnung für die Substanz?", fragt Julie interessiert nach, während Ariana den weißen Kittel gegen ihren Lieblingspullover eintauscht. „Apercevoir et sourire. Flüchtig wahrnehmen und lächeln. Das neue Leben, das einem Depressiven durch das Medikament geschenkt wird kurz bemerken und es lächelnd begrüßen. Ich habe ein kurzes Gedicht geschrieben:

Nouvelle beauté
magnifique gaieté
tendresse des idées
apercevoir et sourire

Neue Schönheit
großartige Fröhlichkeit
die Zärtlichkeit der Ideen
wahrnehmen und lächeln...

New beauty
fantastic happiness
the tenderness of ideas
perceive and smile...

„Möglicherweise beschreibst Du auch nur die Zeit, in der Du Mathieu kennenglernt hast. Damals, als Du durch die Fußgängerzone gegangen bist und ihn, Deine heimliche Liebe, dort immer nur flüchtig gesehen hast. Ihr habt Euch kurz angelächelt und seid einfach weitergegangen", neckt Julie ihre Freundin. „Vielleicht ist die Sensation ein Konzept, das in unserer Zeit keine Berechtigung mehr hat."

Julie fragt sich, was die anderen Buchstaben des Wortes "Objektives" bedeuten könnten und schreibt:

O = Opacity (Undurchsichtigkeit beseitigen)

B = blindness (Blindheit durch Bewusstsein ersetzen)

J = journalists /compliance: würde ich so handeln, wenn ich mein Verhalten einem Journalisten erklären müsste?)

e = excellence (Qualität der Arbeit priorisieren)

c = change (Veränderungen, die das Projekt bewirkt, akzeptieren)

t = transparency (Transparenz für alle Prozesse schaffen)

i = initiatives (Initiative ergreifen, proaktiv handeln, Prozesse optimieren)

v = vision (eine positive Vorstellung von unserer zukünftigen Arbeit /den Arbeitsergebnissen entwickeln)

e = explanations (erklären wir unserem Umfeld, wer wir sind und was wir tun)

s = service (Dienstleistungsmentalität leben und weiterentwickeln)

Julie stellt ihrem Kunden viele Fragen, die er fast alle ausführlich und mit Leichtigkeit beantworten kann. Seine defensive Kommunikationsform gefällt ihr. Sie verabreden sich für den nächsten Tag.

Es arbeitet in Julies Kopf. Ihr Fenster ist weit geöffnet, ihre Bürotür auch. Ein spanisches Gedicht erfreut sich an ihrer Offenheit.

Abierto y transparente
por los objectivos differente
calidad y explication
por una nueva vision

Offen und transparent
für die verschiedenen Ziele
Qualität und Erklärung
für eine neue Vision

Open and transparent
for the different objectives
quality and explication
for a new vision

Julies Kunde betritt ihr Büro. „Das Gedicht fasst die Ziele unseres Projektes sehr gut zusammen", erkennt er sogleich und lächelt charmant. Er genießt zwei federleichte Sätze, mit denen Julie ihn streichelt. Wenige weiche, wohltuend wirkende Worte. „Bin ich ratlos?" „Nein, rastlos", erwidert sie scherzend.

Julie überdenkt die Fakten und schreibt sich ein kurzes Resumée auf einen Notizzettel:

Viele Fakten, die nicht greifbar werden sollten
Transparenz, die persönliche Spielräume verhindert, objektive Kriterien festlegt und Besitzstandsbewahrer entmachtet
Zusammenarbeit nur mit bekannten Kontaktpersonen, Kungelei, Blockaden, Intrigen, Lügen, Widerstände
Ignoranz und Arroganz statt Akzeptanz

Kapitel L   Die Trockenlegung

„Das Wasser des Lebens, Wasser ist Leben. Dehydrierung Tod",
spitzt Julie zu. Sie beginnt, die Metapher auf die Situation des
Projektes zu übertragen. „Welche Methoden wird man
angewandt haben, um diesen Sumpf trockenzulegen?" Julie
beginnt mit den Stichpunkten:

Bestandsaufnahme aller Kosten
Produkten Kosten zuordnen
Produktrezepturen definieren und entwickeln

und fährt damit fort, ein Kreuzworträtsel zu entwerfen, um die
Lösung zu antizipieren.

Alle Fakten in ein Programm eingeben, um sie auszuwerten.
Welches Programm wurde genutzt?
Widerstand gegen neue Prozesse brechen, viel
Überzeugungsarbeit leisten
Unmengen unbequemer Fragen stellen, Interviews führen und
auswerten

„Was ist Ihr Lieblingscafé?", wird Julie von einem ehemaligen
Projektmitglied gefragt.

| 'Wo xihuan chá | Ich mag Tee | I like tea |
| wo yao zhe ge ba" | Ich mag dieses hier | I like this one here |

reimt sie in schlechtem Chinesisch und zeigt ihm und einem
portugisischen Kollegen den Flyer eines britischen Tea House,

das den Charme des Londoner Stadtteils Kensington
widerspiegelt.

Freundschaftliche Wege können entstehen
beim gemeinsamen Sehen und Gehen.

Ein weißer Hund trinkt die Wasserschale leer.

Chapter L   The drainage

'The water of life, water is life.' Dehydration is death', July argues
in a pointed way. She starts to adapt the methaphor to the
situation of the project. 'Which methods will they have used to
drain this swamp?', Julie starts with her key points:

Inventory of all costs
assign costs to products
define product formulations and develop them

and continues to develop a crossword puzzle to anticipate the
solution.

Type all facts in a program to analyze it. Which program was
used?
Break resistance against new processes, do a lot of persuading
Ask a vast number of inconvenient questions, make interviews
and analyze them

'What is your favourite coffee shop', Julie is asked by a former
project member.

'Wo xihuan chá   Ich mag Tee   I like tea
wo yao zhe ge ba"   Ich mag dieses hier   I like this one
here

she rhymes in poor Chinese and shows him and a Portugese colleague the flyer of a British Tea House which reflects the charme of London's district Kensington.

Friendly ways can come into being
while jointly going and seeing.

A white dog empties the water bowl.

Chapter E   The achievement

Ariana and Julie are sitting on the banks of the Seine. A mild day in spring is sunbathing with a rose stem in thoughts of stardust and the blessing of cherry blossoms.

Julie's mobile rings. It is her customer who calls her from an event. He has just given a lecture there. 'Julie, thank you for the literary interpretation of the project stuff. In the meanwhile the media have reported how well the new instrument has already proved itself worldwide; the excellent results which can be achieved in the future.' She eats mango ice cream.

'That has been a moment of glory for the reputation of the company', she adds and looks at the poster that was fixed opposite on which a competitor offers scientific services. 'What is reality, what is fiction? What is a word?'

'A philosophical paper in a works of facts would be a new nice order for you', Ariana thinks of spontaneously.

'Or an order with the task for you to make the external effects of a company perceivable via tests and that you should suggest measures to optimize them.'

'My new customer has just offered me an exciting order on the phone which I really have to accept', Julie is beaming with joy. 'It is good when you have them. – New

OBJECTIVES.'

Kapitel E   Die Errungenschaft

Ariana und Julie sitzen an der Seine. Ein milder Frühlingstag sonnt sich mit einem Rosenstengel in Gedanken an Sternenstaub und dem Segen von Kirschblüten.

Julies Handy klingelt. Es ist ihr Kunde, der sie von einer Veranstaltung anruft. Er hat dort gerade einen Vortrag gehalten. „Julie, danke für die literarische Interpretation des Projektstoffes. Mittlerweile wurde in den Medien darüber berichtet, wie gut das neue Instrument sich bereits weltweit bewährt hat, welch ausgezeichnete Ergebnisse damit künftig zu erzielen sind." Sie isst Mangoeis.

„Für die Reputation des Konzerns war dies eine Sternstunde", ergänzt sie und schaut auf das gegenüber angebrachte Poster, auf dem ein Wettbewerber wissenschaftliche Dienstleistungen anbietet. „Was ist Wirklichkeit, was ist Fiktion? Was ist ein Wort?"

„Eine philosophische Abhandlung in einem Faktenwerk wäre ein schöner neuer Auftrag für Dich", fällt Ariana spontan ein.

„Oder ein Auftrag mit der Aufgabe für Dich, dass Du experimentell und durch Tests die Außenwirkung einer Firma wahrnehmbar machen und Maßnahmen zur Optimierung vorschlagen sollst."

„Mein neuer Kunde hat mir soeben telefonisch einen spannenden Auftrag angeboten, den ich unbedingt annehmen muss", strahlt Julie. Es ist gut, wenn man sie hat. – Neue

ZIELE."

Dolmetsch- und Übersetzungsdienst
Marion Wolters
Geprüfte Dolmetscherin Englisch

+++ Wirtschaft +++ Politik +++ Medien
+++ Energie +++ Literatur +++

Herstellung und Verlag:
BoD – Books on Demand, Norderstedt
ISBN: 978-3-7504-1821-9